First Spanish language edition published in the United States in 1996
by Ediciones Norte-Sur, an imprint of Nord-Süd Verlag AG, Gossau Zürich, Switzerland.
Distributed in the United States by North-South Books Inc., New York.

Copyright © 1988 by Nord-Süd Verlag AG, Gossau Zürich, Switzerland.
First published in Switzerland under the title Pits neue Freunde.
Spanish translation copyright © 1996 by North-South Books Inc.

Library of Congress Cataloguing in Publication Data is available

ISBN 1-55858-640-7 (Spanish paperback)
ISBN 1-55858-641-5 (Spanish trade edition)
Printed in Belgium

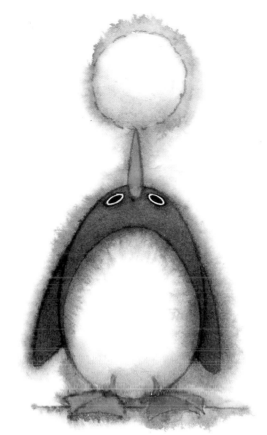

Marcus Pfister

El pingüino Pedro
y sus nuevos amigos

Traducido por Emilio Mayorga

Ediciones Norte-Sur / New York

CONNOLLY

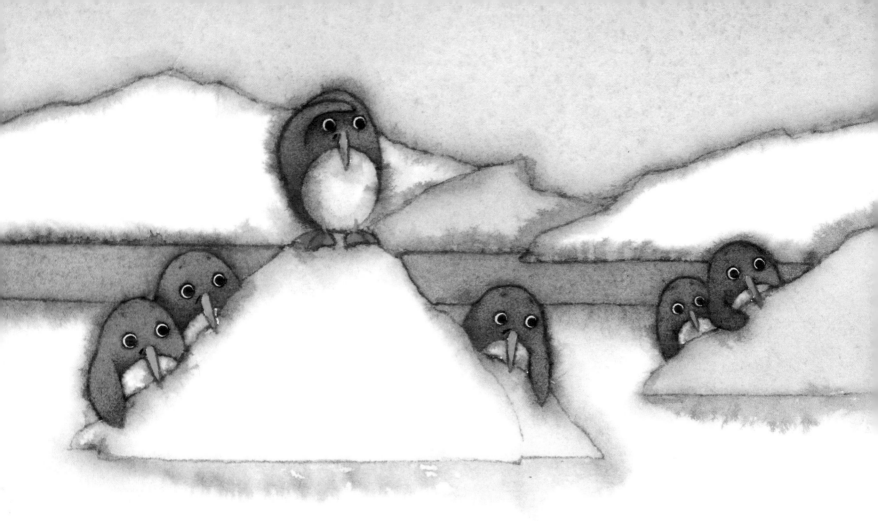

El pingüino Pedro estaba enojado.

—Si no me dejas ir a pescar con los pingüinos grandes, me iré
yo solo —le dijo a su mamá—. Tardaré en volver y pescaré mucho.

La mamá de Pedro sonrió.

—De acuerdo, pero vuelve a tiempo para la cena— le advirtió.
Ella y algunos de los pingüinos pequeños lo despidieron cuando
se marchó.

—Les demostraré que ya soy grande— dijo Pedro.
Corrió para tomar impulso y dando una voltereta
se lanzó al agua. El chapuzón fue estupendo, pero
después de nadar un poco Pedro se sintió muy
fatigado. Afortunadamente vio una pequeña isla
donde descansar.

Pedro se sentó en la isla, disfrutando del sol que le brillaba en la cara. Se sintió tan bien que decidió dormir una siesta. Mientras se iba quedando dormido soñó que se columpiaba en las olas del mar. Fue un sueño maravilloso.

Al despertarse, se dio cuenta de que algo raro ocurría. Un poderoso chorro de agua lo había lanzado al aire.

—Hola, amiguito —retumbó un vozarrón desde abajo—. Soy Walter, la ballena. ¿Qué estás haciendo allí arriba?

—Me había ido de pesca —contestó Pedro—, pero ya terminé. Creo que ahora volveré a casa.

—Es un viaje muy largo para un pingüino tan pequeño como tú —le dijo la ballena—. ¿Por qué no vienes a pescar conmigo?

Pedro estaba entusiasmado. ¡Qué diría su mamá cuando supiera que se había ido de pesca con el animal más grande de los mares!

Walter nadó hacia el norte con Pedro sobre el lomo. Finalmente llegaron a una isla y Walter le sugirió que se fuera a visitar el lugar.

Pedro vio a un niño sosteniendo su caña de pescar sobre un agujero en el hielo. Esto le pareció muy gracioso.

—Hola —le dijo—. Me llamo Pedro. Te voy a enseñar una forma de pescar mucho más fácil.

Pedro se tiró de cabeza en el agujero y se quedó atascado.
Por suerte, a fuerza de tironear el niño logró sacarlo.

—Eres un amigo muy simpático —dijo el niño—. Creo que por
hoy ya hemos pescado bastante. Vamos a pasear en trineo.
   El paseo en trineo fue fantástico.

El niño le presentó a un elefante marino. Enseguida Pedro
y el elefante se hicieron grandes amigos.

Sin embargo, los animales preferidos de Pedro eran las focas.

    Una foca hizo una bola de nieve y la sostuvo en la punta de la nariz.

    —Yo también puedo hacer eso —aseguró el pingüino Pedro. Lo intentó y antes de que se diera cuenta tenía toda la cara llena de nieve.

    —¡No te preocupes! —lo consoló la foca riéndose—. Todo es difícil la primera vez.

Cuando caía la noche, Pedro regresó a casa sano y salvo sobre el lomo de Walter. A pesar de no haber pescado nada, había sido una maravillosa excursión.